SIMÃO DE MIRANDA
Ilustrado por
VANESSA ALEXANDRE

O Colecionador de Sonhos

Era uma vez um menino que vivia sonhando.

Ele sonhava dormindo e também acordado.

Guardava seus sonhos

No canto mais quentinho do coração.

Desejava coisas esquisitas,

como desvendar as forças misteriosas das palavras,

descobrir os limites da imaginação,

desvelar os segredos das pessoas criativas,

viajar para muitas cidades e países,

conhecer muitas pessoas e costumes.

Cobiçava aprender tudo o que quisesse e imaginava que um dia realizaria seus sonhos.

Como eram muitos, ele os acomodava amorosamente um a um na gavetinha dos bens mais preciosos do seu coração:

almejava uma vida que nada lhe faltasse,

nem comida, nem amor, nem amizades;

aspirava uma vida melhor que a dos seus pais,

ansiava um dia publicar um livro com suas histórias, sonhava ser feliz.

Mas a maior ambição era inventar uma mágica

para trazer ao mundo real sua coleção de sonhos. Haveria de ser o mais poderoso de todos os encantos, pois ele era um menino pobre.

Além disso, muitas vozes profetizavam que,
precisamente por isso, seus desejos jamais se realizariam.
Sabe o que ele fez com sua coleção de sonhos?
Reuniu todos e lhes disse:

- Por favor, não
me abandonem!
Prometo alimentar
cada um de vocês!

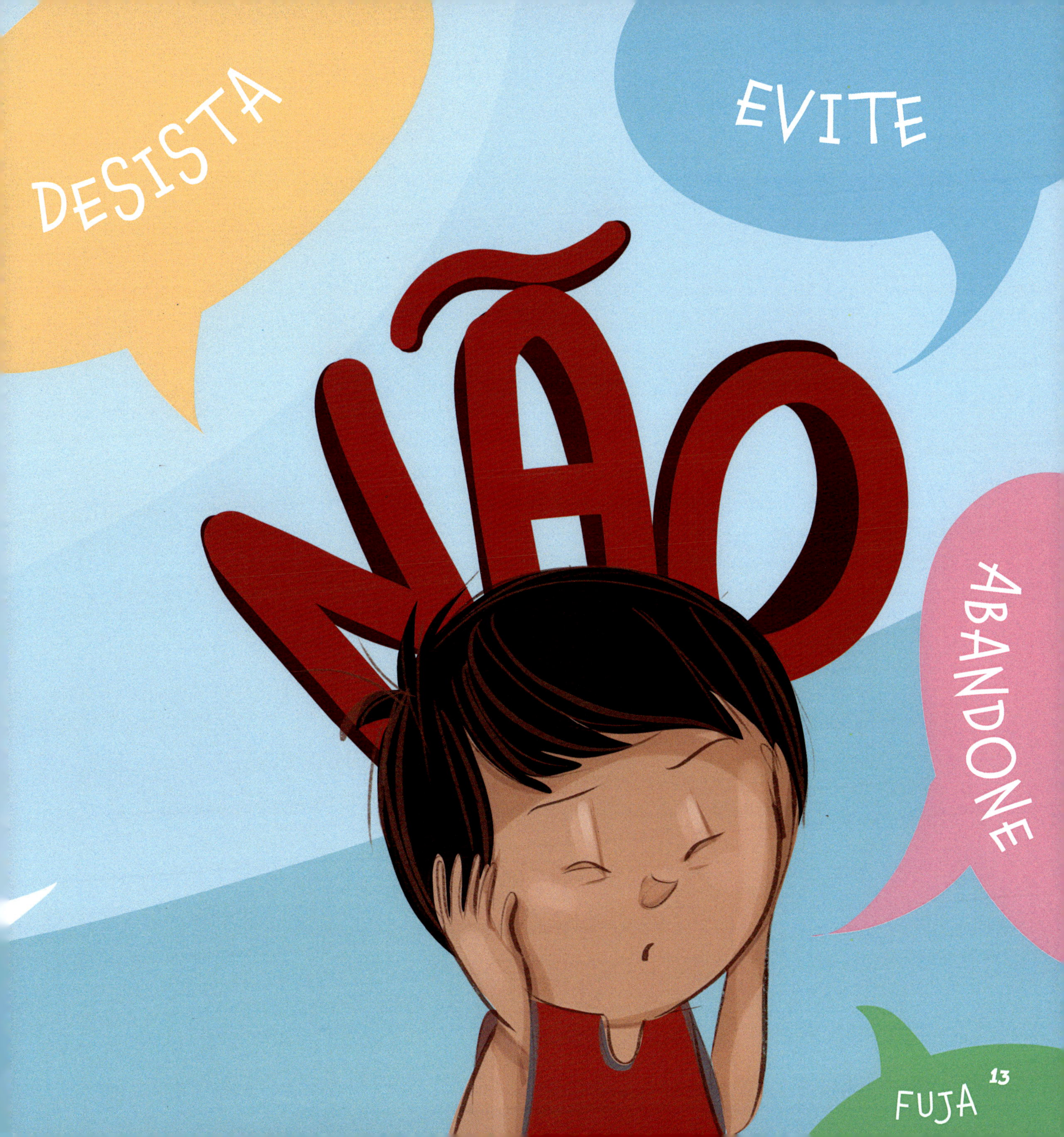
DESISTA
EVITE
NÃO
ABANDONE
FUJA

Um dia, aquele menino ganhou um livro
e Monteiro Lobato viera morar com ele.
Mal sabia ler, mas entre tropeços e cambaleios,
foi desvendando os mistérios das palavras,
as magias da imaginação,
os superpoderes da criatividade.

Não demorou muito e chegaram Ziraldo,
Pedro Bandeira e Ruth Rocha.
Viajou para muitas cidades e países,
conheceu muitas pessoas e costumes.

Os presentes que mais amava? Livros!

Talvez o menino não soubesse, mas os livros eram seu presente e seu futuro.

Outro dia chegaram Eva Furnari, Sylvia Orthof e Ana Maria Machado.

Ele se apaixonou pelos livros de um jeito que já havia livros dentro do seu peito e em todos os lugares que ia: na escola, na casa da vó e da tia.

Quando se deu conta, era colecionador de livros.

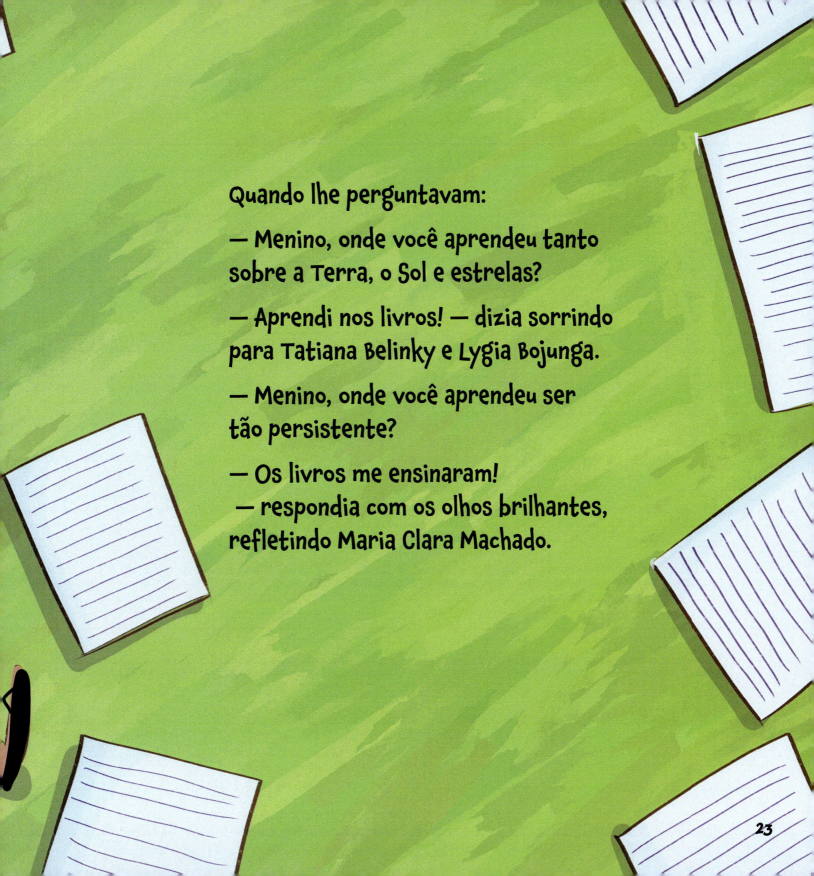

Quando lhe perguntavam:

— Menino, onde você aprendeu tanto sobre a Terra, o Sol e estrelas?

— Aprendi nos livros! — dizia sorrindo para Tatiana Belinky e Lygia Bojunga.

— Menino, onde você aprendeu ser tão persistente?

— Os livros me ensinaram!
— respondia com os olhos brilhantes, refletindo Maria Clara Machado.

O tempo passou e o menino sonhador se tornou adulto e descobriu que os livros abriram janelas, portas e portões por onde passaram seus sonhos para o mundo concreto!

Percebeu que realizara tudo o que sonhara.

Mas, a melhor parte da história deixei para o fim.

Conheci este menino, aliás ainda o conheço.

Ele cresceu e continua criança na alma e no coração.

Esta criança se chama Simão, esta criança sou eu.

Presenteio esta história a vocês, meninos e meninas, como inspiração para que não deixem de sonhar um só dia.

SOBRE O AUTOR

Simão de Miranda mora em Brasília e é apaixonado por livros e leituras desde criança. Já foi professor de crianças e jovens e atualmente ensina para adultos. Seu trabalho como professor e escritor o levou a viajar por todos os estados do Brasil e por outros países, como Argentina, Cuba, Portugal, Cabo Verde e São Tomé e Príncipe. Simão já publicou mais de 70 livros pra ajudar professores a aprimorarem suas práticas pedagógicas e proporcionar diversão e felicidade às crianças. Tem obras traduzidas para vinte e dois países, adora visitar escolas para encontrar crianças que leem seus livros, contar suas histórias e conversar sobre a magia dos livros e da leitura.

Talvez, quem sabe, um dia você tenha a oportunidade de encontrá-lo em sua escola e compartilhar um momento de leitura.

Se quiser saber mais, visite www.simaodemiranda.com.br para conhecer sua biografia completa, obras publicadas no Brasil e no exterior e outras atividades que realiza, assim como seu canal www.youtube.com/simaodemiranda, para assistir suas histórias narradas por ele e outros conteúdos, que com certeza você vai gostar.

Sobre a ilustradora

VANESSA ALEXANDRE nasceu e vive em São Paulo. Trabalha há mais de catorze anos no mercado editorial como autora e ilustradora infantojuvenil para editoras no Brasil, Estados Unidos e Europa, além de ilustrar materiais didáticos e desenvolver conteúdo para campanhas publicitárias. Participou de exposições como Cow Parade e Football Parade, foi uma das artistas selecionadas para a 3a Edição da exposição Refugiarte, promovida pela ACNUR, agência dos refugiados da ONU, e foi selecionada para a edição de Nova York da Jaguar Parade. Além disso, realiza oficinas literárias e atividades sobre ilustração em escolas por todo o Brasil, implementando atividades para alunos e professores em eventos como a Jornada da Educação de SP, Feira do Livro de Porto Alegre, Feira do Livro de Araras, Bienal do Livro, e promovendo atividades de educação inclusiva.

> Saiba mais: www.vanessaalexandre.com.br

O colecionador de sonhos © 2023
Escrito por Simão de Miranda e Iustrado por Vanessa Alexandre
1ª edição – Outubro 2023

Editora e Publisher
Fernanda Emediato

Projeto gráfico e Diagramação
Alan Maia

Ilustrações
Vanessa Alexandre

**DADOS INTERNACIONAIS DE CATALOGAÇÃO NA PUBLICAÇÃO (CIP)
(CÂMARA BRASILEIRA DO LIVRO, SP, BRASIL)**

de Miranda, Simão
 O colecionador de sonhos / Simão de Miranda; ilustrado
por Vanessa Alexandre.
 -- São Paulo : Asas Editora, 2023.
32 p. : il. : 23cm x 23cm.

ISBN: 978-65-85096-19-5

1. Literatura infantojuvenil I.
II. Título.

23-164563
CDD-028.5

Índices para catálogo sistemático:
1. Literatura infantil   028.5
2. Literatura infantojuvenil   028.5

Tábata Alves da Silva – Bibliotecária – CRB-8/9253

Todos os direitos reservados para esta edição.

Impresso no Brasil
Printed in Brazil

DEDICATÓRIAS:

Para Theo e Esther, sobrinhos lindos,
que os livros continuem
a lhes inspirar vida a fora;

Para Júlia de Miranda, filha incrível, que
cresceu rodeada de livros e isso lhe fez
ainda mais extraordinária;

Para todas as crianças do mundo, seres
admiráveis, que fazem o mundo mais bonito
e mais esperançoso todos os dias.